Y Stryd

Addaswyd yn 2018 gan
Wasg Gomer, Llandysul, Ceredigion SA44 4JL
www.gomer.co.uk
Ailargraffwyd gan Y Lolfa 2023

Cyhoeddwyd gyntaf ym Mhrydain yn 2008 gan Wasg Prifysgol Caergrawnt,
University Printing House, Caergrawnt CB2 8BS,
dan y teitl *One Day*

Addasiad o *One Day* gyda chaniatâd Gwasg Prifysgol Caergrawnt.

This translation of *One Day* is published by arrangement with
Cambridge University Press.

ISBN 978 1 78562 239 7

ⓑ y testun/text: Helen Naylor, 2008 ©
ⓑ y lluniau/illustrations: Kathryn Baker, 2008 ©
ⓑ yr addasiad/adaptation: Mared Lewis, 2018 ©

Mae Mared Lewis wedi datgan ei hawl dan
Ddeddf Hawlfreintiau, Dyluniadau a Phatentau 1988
i gael ei chydnabod fel addasydd y llyfr hwn.

Cedwir pob hawl. Ni chaniateir atgynhyrchu unrhyw ran
o'r cyhoeddiad hwn, na'i gadw mewn cyfundrefn adferadwy,
na'i drosglwyddo mewn unrhyw ddull na thrwy unrhyw gyfrwng,
electronig, electrostatig, tâp magnetig, mecanyddol, ffotogopïo,
recordio, nac fel arall, heb ganiatâd ymlaen llaw gan y cyhoeddwyr.

Dymuna'r cyhoeddwyr gydnabod cymorth ariannol
Cyngor Llyfrau Cymru.

Argraffwyd a rhwymwyd yng Nghymru gan
Y Lolfa, Talybont, Ceredigion, SY24 HE

Y Stryd

HELEN NAYLOR

Addasiad Mared Lewis

Gomer

CYNNWYS

	Tudalen
Nos Wener	8
Pennod 1 – Huw	9
Pennod 2 – Gwaith Newydd i Nina	13
Pennod 3 – Swper efo Magi	19
Pennod 4 – Problem i Sam	25
Pennod 5 – Huw a Maria	30
Pennod 6 – Nina a Dafydd	36
Pennod 7 – Sioc i Magi	40
Pennod 8 – Sam	45
Pennod 9 – Tân!	49
Y Dyfodol	54

Y bobl yn *Y Stryd*:

Huw: Bachgen un deg saith oed; mae o'n byw efo'i fam yn 12 Stryd y Parc, Llandudno.

Maria: Cariad i Huw.

Nina Wyn: Mae hi'n byw yn 48 Stryd y Parc; mae hi'n gweithio mewn banc.

Dafydd Wyn: Gŵr i Nina; mae o'n **gogydd** mewn tŷ bwyta **Ffrengig**, Chez Julie.

Macsen: Mab i Nina a Dafydd; mae o'n chwech oed.

Magi Puw: Mae hi'n byw yn 75 Stryd y Parc; mi aeth hi ar wyliau i'**r Ariannin**.

Xavier: Cariad i Magi; mae o'n byw yn yr Ariannin.

Elen: Ffrind i Magi.

Sam Davies: Mae o'n byw yn 56 Stryd y Parc; mae o'n gweithio i bapur newydd.

Hana: Gwraig i Sam.

Catrin ac Alys: Plant i Sam a Hana.

---

cogydd – *chef, cook*	**Yr Ariannin** – *Argentina*
Ffrengig – *French*	

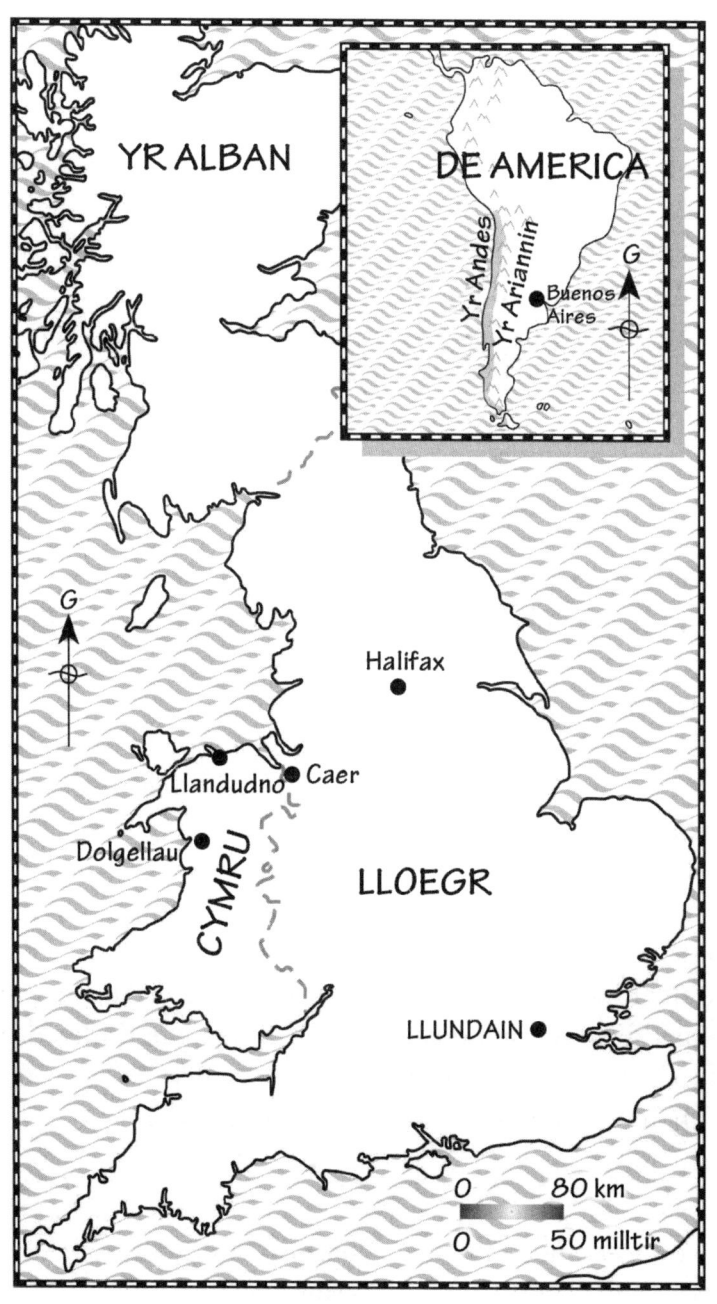

Nos Wener

Mae Stryd y Parc yn stryd yn Llandudno, gogledd Cymru.
Un nos Wener ym mis Mawrth, am chwech o'r gloch, roedd pobl yn dod adre o'r gwaith fel arfer. Roedd y plant ysgol adre'**n barod**.
Roedd **llais** dynes yn dod o dŷ rhif 12: 'Huw, wyt ti'n gwneud dy waith cartref? Rhaid i ti wneud o cyn mynd allan heno i weld Maria.' Ond doedd dim ateb. Roedd Huw yn gwrando ar gerddoriaeth a doedd o ddim yn medru clywed ei fam.
Yn rhif 48, doedd Dafydd Wyn ddim adre eto, ond roedd ei wraig adre. Roedd Nina Wyn yn dri deg oed ac wedi blino ar ôl wythnos hir o weithio yn y banc. Roedd gynni hi newyddion i ddweud wrth ei gŵr ond doedd hi ddim yn siŵr sut i ddweud wrtho fo.
Dros y ffordd i rif 48, roedd rhif 75. Roedd Magi yn yr ystafell fyw, yn eistedd ar y soffa. Roedd hi'n meddwl am rywbeth – rhywbeth neis, achos roedd hi'n gwenu.
Roedd Sam Davies yn byw yn rhif 56. Roedd o'n cerdded adre'n araf. Roedd o'n poeni. A dweud y gwir, roedd o'n edrych yn **boenus** drwy'r amser. Arian oedd ei broblem. Doedd gynno fo byth ddigon o arian i bopeth. Sut oedd o'n mynd i ddweud wrth ei wraig bod nhw ddim yn medru mynd ar wyliau **eleni**?
Dydd Gwener arall yn Stryd y Parc, felly…

---

yn barod – *ready, already*   **poenus** – *worried, painful*
llais – *voice*   **eleni** – *this year*

Pennod 1
Huw

'Huw! Wyt ti'n medru clywed? Wyt ti'n gweithio?' **galwodd** ei fam. Doedd dim ateb yn dod o ystafell Huw. Aeth ei fam i weld be oedd yn digwydd.

Mi wnaeth hi aros y tu allan i ddrws ei ystafell wely am funud ac yna cerddodd i mewn. Roedd Huw yn eistedd ac yn edrych ar luniau.

'Be wyt ti'n wneud, Huw?' gofynnodd ei fam.

Stopiodd Huw wrando ar y gerddoriaeth ac edrychodd ar ei fam.

galw – *to call*

'Wyt ti'n cofio'r llun yma?' gofynnodd. 'Fi pan o'n i'n bump oed, efo Maria. Roedd hi'n ddel iawn – wel, mae hi'n ddel iawn rŵan hefyd. Fy mharti pen-blwydd oedd o, dw i'n meddwl, ia?'

'Ia, dw i'n meddwl,' **meddai** Mam.

'Dw i'n cofio'r parti pen-blwydd yna'n dda iawn,' meddai Huw. 'Y parti pen-blwydd cyn i Dad fynd.'

'Mae o wedi mynd ers blynyddoedd,' atebodd ei fam.

Cerddodd at y ffenest. Doedd Huw ddim yn medru gweld **wyneb** ei fam.

Mi wnaeth Simon, ei gŵr, adael y tŷ yn **gynnar** un bore, deg mlynedd yn ôl. Ysgrifennodd **lythyr** a gadael y llythyr ar y bwrdd yn y gegin. Ac wedyn, mi wnaeth o fynd. Wnaeth hi ddim clywed gan ei gŵr am ddeg mlynedd. Dim llythyrau. Dim cardiau pen-blwydd i Huw. Yna, yr wythnos diwetha, mi wnaeth o ffonio. 'Pam wnest ti fynd?' gofynnodd i Simon, eto ac eto. Roedd o isio **cyfarfod** efo hi. Roedd hi wedi dweud 'na' ond roedd hi isio dweud 'iawn'.

Cerddodd ei fam yn ôl o'r ffenest. 'Huw, beth am dy waith cartref?' gofynnodd. 'Pam wyt ti'n edrych ar hen luniau?'

meddai – *said*	**llythyr** – *letter*
wyneb – *face*	**cyfarfod** – *to meet, meeting*
cynnar – *early*	

'Dw i isio edrych ar fy lluniau o Maria. Dw i isio **mynd â** nhw efo fi i Lundain pan dw i'n mynd i'r **Coleg Celf**.'

Edrychodd ar hen lun hapus o Maria pan oedd hi'n un ar ddeg oed.

'Mae hi dipyn bach yn gynnar i feddwl am y coleg, Huw,' meddai ei fam. 'Dwyt ti ddim yn mynd tan yr hydref. A dwyt ti ddim yn gwybod wyt ti'n mynd i gael lle yn y coleg.'

'Mi fydda i'n cael lle yna, dw i'n siŵr. Pan es i yno i weld y coleg yr wythnos diwetha, mi wnaethon nhw ddweud, "Dan ni'n meddwl bod dy waith di'n dda iawn. Dan ni'n licio dy **syniadau** di'n fawr."'

'Dw i'n gwybod ond… **Beth bynnag,** wyt ti'n mynd allan efo Maria heno?'

'Ydw, i Far Rhif Chwech. Mae 'na grŵp *reggae* yn chwarae.'

'Wyt ti wedi siarad efo Maria am fynd i ffwrdd i'r coleg ym mis Medi? gofynnodd ei fam.

'Ydw. Mae hi'n iawn am y peth, dw i'n meddwl. Mi fydda i'n medru dŵad adre ar y penwythnos.'

'Ond fyddwch chi ddim…' meddai ei fam, ond stopiodd.

'Dw i'n gwybod be dach chi'n feddwl,' meddai Huw, 'ond dan ni'n mynd i fod efo'n gilydd **am byth!**'

mynd â – *to take*	**beth bynnag** – *anyway, however*
Coleg Celf – *Art College*	**am byth** – *forever*
syniadau – *ideas*	

Aeth ei fam allan o'r ystafell a mynd i lawr i'r gegin. 'Ella bydd Huw a Maria yn ddau gariad am byth,' meddyliodd. 'Maen nhw'n ffrindiau ers yr **ysgol gynradd**. Ond ro'n i'n meddwl bod Simon a fi'n mynd i fod efo'n gilydd am byth hefyd!'

'Mam,' meddai Huw, yn dod i mewn i'r gegin. 'Dw i'n mynd at Maria rŵan. Mi fydda i'n cael bwyd yn ei thŷ hi, iawn?'

Mi wnaeth Huw adael y tŷ cyn iddi gael amser i ddweud dim byd arall.

Mewn pum munud, canodd y ffôn.

Neidiodd o'i chadair, edrychodd ar y ffôn a meddwl, 'Simon'.

Atebodd y ffôn. 'Helô,' meddai.

'O haia, Mrs Jones, ydy Huw yna?'

'Maria!' meddai ei fam. 'Nac ydy, sori, mae o wedi gadael. Mae o'n dod i dy dŷ di.'

'O na!' meddai Maria.

'Oes 'na broblem?' gofynnodd ei fam.

'Nac oes... oes... fedra i ddim mynd allan efo fo heno. Ond mae'n iawn. Mi wna i ddweud wrtho fo pan mae o'n cyrraedd,' atebodd Maria. 'Hwyl!'

Eisteddodd Mrs Jones. Yfodd ychydig o win coch. Meddyliodd am y **sgwrs** ffôn od efo Maria. **Gobeithio** bod popeth yn iawn.

ysgol gynradd – *primary school*	**sgwrs** – *chat, conversation*
neidio – *to jump*	**gobeithio** – *to hope*

Pennod 2
Gwaith Newydd i Nina

Roedd **swydd** Nina Wyn yn y banc wedi gorffen am yr wythnos. Roedd hi adre yn 48 Stryd y Parc efo'i bachgen bach chwech oed, Macsen. Roedd o'n bwyta **selsig** a sglodion.

'Mi ges i 100% yn Maths heddiw,' meddai.

'Gest ti? Da iawn ti!' atebodd Nina. 'Mi wyt ti'n dda efo rhifau, fel fi!'

---

swydd – *job*   **selsig** – *sausages*

'Ydy Dad yn gweithio?' gofynnodd Macsen.

'Ydy, ond mi fydd o adre **cyn bo hir**. Dydy o ddim yn gweithio heno,' atebodd Nina. Roedd Dafydd Wyn yn gweithio fel prif gogydd yn Chez Julie, tŷ bwyta Ffrengig **drud**. Roedd o'n gweithio deg awr bob dydd ac weithiau doedd o ddim yn dŵad adre tan yn hwyr y nos.

'Grêt! Ydy Adam yn cael dŵad i'r pêl-droed efo ni fory?' gofynnodd Macsen.

'Ydy, wrth gwrs! Wyt ti isio edrych ar y teledu ar ôl swper?'

Roedd angen amser ar Nina i feddwl cyn i Dafydd ddŵad adre.

Ond doedd dim amser, achos deg munud wedyn, daeth Dafydd i mewn.

'Haia, Nina,' meddai, a rhoi **cusan** iddi. 'Lle mae Macsen?'

'Mae o'n edrych ar y teledu,' meddai Nina. 'Sut oedd y tŷ bwyta heddiw?'

'Da iawn. Wyt ti'n nabod Daniel?' gofynnodd Dafydd. 'Y boi newydd yn y gegin? Wel, roedd un cogydd yn sâl heddiw felly mi wnaeth Daniel goginio tipyn bach. Roedd o'n grêt! Mae ei nain o'n dŵad o Ffrainc ac mae o'n medru cofio'r bwyd roedd hi'n wneud. Felly mae gynno fo lawer o syniadau i'r **fwydlen** newydd.'

'Dadi! Dadi!' Daeth Macsen i mewn i'r ystafell.

'Helô, boi bach,' meddai Dafydd. 'Wyt ti isio dod i ddarllen stori efo fi? Mi gei di ddweud wrtha i sut ddiwrnod gest ti yn yr ysgol heddiw.'

cyn bo hir – *before long, soon*	**cusan** – *kiss*
drud – *expensive*	**bwydlen** – *menu*

Mi aeth y tad a'r mab allan o'r gegin. Roedd Nina yn gwybod bod Macsen yn hapus i weld ei dad.

'Dw i'n lwcus iawn,' meddyliodd Nina. 'Pam dw i isio **newid** pethau?'

Mi wnaeth hi swper iddi hi a Dafydd.

'Wyt ti'n barod i fwyta?' gofynnodd Nina pan ddaeth Dafydd yn ôl i'r gegin. 'Dw i isio siarad efo ti.'

'O diar! Oes yna broblem?'

'Mi wnaeth **pennaeth** y brif swyddfa ddŵad i'r banc heddiw. Mi wnaeth o ddweud, "Nina, chi ydy **rheolwr** y mis!"' meddai Nina.

'Da iawn ti! Fyddi di'n cael mwy o bres, felly?' gofynnodd Dafydd, a chwerthin.

'Wel, mae o wedi gofyn i mi fod yn rheolwr y banc yn Halifax. Mae o'n fanc mawr, yn llawer iawn mwy na'r banc lle dw i'n gweithio rŵan.' Stopiodd Nina ac edrychodd ar Dafydd.

'Felly, ia, mwy o bres!' meddai Nina.

'Aaa,' atebodd Dafydd. Yna gofynnodd: 'Be wnest ti ddweud?'

'Mi wnes i ddweud bod gen i **ddiddordeb**,' atebodd Nina. 'Mi wnes i hefyd ddweud bod rhaid i mi siarad efo ti. Be wyt ti'n feddwl?'

'I ddechrau dw i'n meddwl – "Da iawn ti!"' meddai Dafydd. 'Mi wyt ti'n gweithio'n **galed**. Ond wedyn, dw i'n meddwl, "Beth am fy ngwaith i yn Chez Julie?" A hefyd, "Mae Halifax yn bell iawn o Landudno!"'

newid – *to change*	**diddordeb** – *interest*
pennaeth – *head, leader*	**caled** – *hard*
rheolwr – *manager*	

'Dw i wedi meddwl am **hynny** hefyd,' meddai Nina. Aeth at Dafydd a **gafael** ynddo.

'A beth am Macsen? Mae o **wrth ei fodd** yn yr ysgol efo'i ffrindiau,' meddai Dafydd. 'A rhaid i ni feddwl am Mam a Dad hefyd. Dan ni'n medru gweld y ddau yn **aml** rŵan. Dydy Dolgellau ddim yn rhy bell o Landudno.'

'Mi fasen nhw'n medru dŵad efo ni! Dw i'n siŵr basen nhw'n hapus yn Halifax. Mae dy fam yn dŵad o'r **ardal** yna yn wreiddiol,' meddai Nina.'

Roedd Nina wedi meddwl am bopeth. Roedd hi isio'r swydd newydd yma yn fawr.

'Ydy, ond mae gynnyn nhw lawer o ffrindiau yn Nolgellau ac maen nhw'n mwynhau byw yno,' atebodd Dafydd. 'Mae'n anodd iddyn nhw newid ardal yn yr oed yma.'

'Anghofia am dy fam a dy dad am funud. Be wyt ti isio?' gofynnodd Nina.

'Wel, dw i wrth fy modd yn gweithio yn Chez Julie, fel rwyt ti'n gwybod,' meddai Dafydd.

'Mae gynnon ni enw da ers i'r papur newydd ysgrifennu am y lle. Dan ni'n gwneud yn dda **ar hyn o bryd**. A dw i ddim isio gadael. **Yn anffodus**, ddim fi ydy **perchennog** y tŷ bwyta ond sgynnon ni ddim arian i brynu'r lle, felly...'

hynny – *that*	**ardal** – *area, locality*
gafael – *to hold, to grasp*	**ar hyn o bryd** – *at the moment*
wrth ei fodd – *(he's) delighted*	**yn anffodus** – *unfortunately*
aml – *often*	**perchennog** – *owner, proprietor*

'Dw i wir isio dweud "ia", Dafydd,' meddai Nina. 'Dw i'n meddwl mai dyma'r dechrau. Ella fydda i'n rheolwr ar ardal fawr mewn blwyddyn neu ddwy, ac wedyn... pwy sy'n gwybod? Wedyn mi fasen ni'n medru prynu dau dŷ bwyta a...'

'Hei, **arafa**!' meddai Dafydd, a gwenu. 'Dan ni ddim wedi meddwl yn iawn eto. Pryd fasai'r swydd yn dechrau?'

'Mewn tri mis,' atebodd Nina. 'Dafydd, dan ni'n ifanc. Ella fasai'n hwyl dechrau eto mewn lle newydd.'

'Mi wyt ti'n iawn...' atebodd Dafydd yn araf. 'Pryd mae'n rhaid i ti ddweud wrth y banc?'

'Wel, maen nhw isio gwybod dechrau'r wythnos nesa,' meddai Nina.

'Dweda "ia",' meddai Dafydd yn gyflym.

'Be?' Edrychodd Nina ar Dafydd. Oedd hi wedi clywed yn iawn?

'Wel, dan ni ddim yn medru prynu Chez Julie, a dyna faswn i'n licio wneud,' atebodd Dafydd, 'ond dw i'n siŵr bydda i'n medru cael swydd newydd mewn tŷ bwyta da yn Halifax. Ac mae dy waith di'n bwysig. Dw i'n gwybod bod ti wrth dy fodd yn dy swydd.'

'O, Dafydd, mi wyt ti'n gariad! Dw i mor hapus fy mod i'n wraig i ti!' meddai Nina, a chwerthin. 'Dw i'n mynd i ysgrifennu at y brif swyddfa i ddweud "ia" cyn i ti newid dy feddwl!'

---

arafa! – *slow down!*

'Gobeithio bod ni wedi gwneud y peth iawn,' meddai Dafydd, a dal Nina yn agos. 'Beth bynnag, dw i'n mynd i gael bath cynnes braf a meddwl am y peth. Ac wedyn rhaid i mi ffonio Mam a Dad. Dw i ddim wedi siarad efo nhw ers wythnos.'

'Dw i ddim isio i ti ddweud dim byd am Halifax eto,' meddai Nina.

Eisteddodd Nina wrth y bwrdd a dechrau ysgrifennu. Yna, cerddodd i lawr Stryd y Parc efo'r llythyr a'i bostio yn y **blwch postio**.

'Dyna ni,' meddai. 'Does dim troi yn ôl rŵan.'

---

blwch postio – *postbox*

Pennod 3
Swper efo Magi

Roedd Magi yn eistedd ar y soffa. Roedd hi'n edrych ar lun ac yn meddwl am ei gwyliau yn yr Ariannin y mis diwetha. Roedd hi ac Elen, ei ffrind, wedi mynd i'r Ariannin am dair wythnos, ac wedi cerdded ym mynyddoedd yr Andes. Roedden nhw wedi cael amser bendigedig.

'Ond a dweud y gwir, dw i ddim yn meddwl bod y gwyliau mor fendigedig i Elen,' meddyliodd Magi. Edrychodd ar y llun a gweld pobl ifanc hapus.

Roedden nhw'n edrych yn hapus achos roedden nhw wedi gorffen cerdded am y dydd. Roedden nhw'n hapus hefyd achos roedden nhw wedi gweld aderyn **arbennig**. Roedd y condor wedi aros efo nhw am amser hir. Pan wnaeth yr aderyn **hedfan** i ffwrdd ar ôl iddyn nhw orffen cerdded, roedd Magi wedi teimlo dipyn bach yn drist.

'Roedd y condor yn aderyn pwysig iawn i bobl yr Inca,' meddai Xavier, pennaeth y grŵp. 'Ar lawer o hen adeiladau yr Inca, dach chi'n medru gweld llun **croes** sy'n edrych yn wahanol, fel hyn:

Gwnaeth Xavier lun croes ar y llawr. 'Edrychwch, mae tair lefel ar y groes. I'r Inca, roedd pob lefel yn **fyd** gwahanol – y byd **isaf**, y byd yma a'r byd **uchaf**. Roedd anifail i bob byd. Roedd y condor yn y byd uchaf. Dach chi'n gweld rŵan sut roedd yr aderyn yma yn bwysig iawn i bobl yr Inca.'

arbennig – *special*	**byd** – *world*
hedfan – *to fly*	**isaf** – *lowest*
croes – *cross*	**uchaf** – *highest*

Roedd y grŵp yn hoffi gwrando ar Xavier yn dweud stori. Ond roedd gan Elen fwy o ddiddordeb yn Xavier ei hun! Roedd Magi yn medru gweld bod Elen yn licio Xavier o'r dechrau. Roedd o'n ddyn **golygus** ac yn hyfryd efo pawb. Roedd Elen yn siarad am Xavier efo Magi drwy'r amser: be oedd o wedi dweud wrthi hi, be oedd hi'n meddwl ohono fo. 'Fel hyn oedd hi pan oedden ni yn yr ysgol,' meddyliodd Magi. 'Gobeithio fydd dim rhaid i mi wrando ar Elen yn siarad fel hyn drwy'r gwyliau!'

Ar ôl wythnos, aeth Magi am dro. Aeth hi ddim yn bell. Roedd hi jyst isio bod ar ei phen ei hun efo'r **sêr uwchben**. Mi wnaeth hi **sefyll** ac edrych i fyny. Yna, teimlodd rywun y tu ôl iddi. Mi wnaeth hi droi rownd a gweld Xavier.

'Wyt ti'n iawn, Magi?' gofynnodd.

'Ydw, dw i'n iawn,' atebodd Magi. 'Mae hi mor braf yma! Dw i wrth fy modd efo'r mynyddoedd.'

'Dw i'n dŵad yn wreiddiol o rywle ddim yn bell o fan yma, a dw i wrth fy modd yma hefyd,' meddai Xavier.

Mi wnaethon nhw eistedd a siarad am amser hir. Mi wnaeth hi ddysgu am ei **fywyd** a bywyd pobl **gyffredin** yn yr Ariannin.

Wedyn, roedd hi a Xavier yn ffrindiau arbennig. Roedden nhw bob amser yn siarad ar ôl swper, a chyn

golygus – *handsome*	**sefyll** – *to stand*
sêr – *stars*	**bywyd** – *life*
uwchben – *above*	**cyffredin** – *common, ordinary*

bo hir, roedden nhw wedi mynd yn fwy na **dim ond** ffrindiau. Ac wrth gwrs, mi wnaeth Elen weld hyn hefyd.

'**Does dim ots gen i**. Mae popeth yn iawn, Magi,' meddai Elen, ond doedd Magi ddim yn siŵr oedd popeth yn iawn efo Elen, ac weithiau roedd Elen yn edrych yn oer ar Magi.

Ond ar ddiwedd y gwyliau, roedd popeth yn iawn. Ac mi wnaeth Elen ddweud y basai hi'n licio mynd ar wyliau efo Magi eto **rhywbryd**.

Cododd Magi o'r soffa. Roedd hi'n braf meddwl yn ôl am ei gwyliau yn yr Ariannin, ond roedd hi'n amser dechrau coginio swper. Roedd Elen yn dŵad am swper heno. Aeth Magi i mewn i'r gegin a dechrau gwneud lasagne.

'O, wnes i ddim prynu tomatos,' meddyliodd. Aeth Magi allan o'r tŷ a mynd i'r siop ar ben y stryd.

Canodd y ffôn yn y tŷ pan oedd hi allan, ond wrth gwrs, doedd neb yna i ateb y ffôn, dim ond y **peiriant ateb**.

'Helô, Magi sydd yma. Sori, dw i ddim yma i ateb y ffôn ond gadewch **neges** ar ôl y tôn ac mi wna i ffonio yn ôl. Diolch.'

Roedd yna dipyn bach o **sŵn** ar y lein ond wnaeth

---

dim ond – *only*	**peiriant ateb** – *answer machine*
does dim ots gen i – *I don't mind, I don't care*	**neges** – *message*
rhywbryd – *sometime, anytime*	**sŵn** – *sound, noise*

y person oedd yn ffonio ddim gadael neges a wnaeth y person ddim gadael enw na rhif ffôn **chwaith**.

Daeth Magi yn ôl gyda'r tomatos. Gwelodd fod neges ar y peiriant ateb. 'Elen siŵr o fod,' meddyliodd. 'Ella bod hi'n hwyr.'

Mi wnaeth Magi wrando ar y neges, ond doedd neb yn siarad.

'Od iawn,' meddyliodd.

Aeth hi i mewn i'r gegin a gorffen gwneud y lasagne. Wedyn, mi aeth hi i'r ystafell fyw efo **gwydraid** o win coch. Cododd y ffôn a gwrando. 'Galwodd y rhif 07778 536782 heddiw am saith o'r gloch,' meddai'r llais.

Mi wnaeth Magi ysgrifennu'r rhif a meddwl, 'Dw i ddim yn nabod neb efo'r rhif ffôn yna.'

Wedyn canodd **cloch** y drws. Elen oedd yno.

'Haia, Magi,' meddai Elen a rhoi cusan iddi hi. 'Mmm! Mae yna **arogl** da yma!'

Cerddodd y ddwy i mewn i'r ystafell fyw ac mi wnaeth Magi roi gwydraid o win i Elen.

'Ti'n edrych yn neis. Mae dy wallt di'n ddel iawn,' meddai Magi.

'Diolch. A sut mae'r hyfryd Xavier?' gofynnodd Elen. 'Wyt ti wedi clywed gynno fo?'

'Do,' atebodd Magi. 'Mi ges i e-bost gynno fo wythnos diwetha. Roedd o mewn **seibergaffi** yn Buenos Aires.'

---

chwaith – *neither, either*	**arogl** – *smell*
gwydraid – *glassful*	**seibergaffi** – *cyber café*
cloch – *bell*	

'Grêt! Ro'n i'n meddwl ella mai ychydig o **ramant** ar wyliau oedd o. Ond dw i'n hapus iawn dros y ddau ohonoch chi. **Go iawn!**' meddai Elen yn gyflym pan welodd hi sut roedd Magi yn edrych.

'Mae o'n dŵad i Gymru cyn bo hir – wythnos nesa ella,' meddai Magi.

'Ydy o? **Mor fuan!** Mae o mewn cariad efo ti, faswn i'n dweud!' meddai Elen, a gwenu.

'Dw i ddim yn siŵr!' meddai Magi, a chwerthin. 'Dydy o ddim yn siarad am gariad yn yr e-bost, dim ond dweud bod o'n dŵad i Gymru a bod llythyr yn y post yn dweud popeth.'

'Popeth am be?' gofynnodd Elen.

'Dw i ddim yn gwybod. Mae o dipyn bach yn od. Edrycha, wyt ti isio darllen yr e-bost?'

Mi wnaeth Magi roi'r e-bost i Elen. Darllenodd:

Haia, Merch y Condor!

Dw i'n dŵad i Gymru cyn bo hir. Dw i angen gadael yr Ariannin am dipyn bach. Dw i wedi ysgrifennu llythyr sy'n dweud popeth. Dw i ddim yn medru ysgrifennu mwy am y peth ar hyn o bryd.

Dw i'n edrych ymlaen at gyfarfod efo ti eto.
Cariad mawr
Xavier

---

rhamant – *romance* **mor fuan!** – *so soon!*
go iawn! – *really!*

Pennod 4
Problem i Sam

Mi wnaeth Sam gyrraedd adre, tŷ rhif 56. Roedd y golau ymlaen yn y tŷ ac roedd o'n medru gweld ei ferch un deg pump oed, Catrin, yn eistedd wrth y **cyfrifiadur** yn ei hystafell wely.

Aeth Sam i mewn i'r tŷ. '**Diolch byth!**' meddai 'Dim gwaith tan ddydd Llun.' Roedd Sam yn gweithio i bapur newydd y dre,

---

cyfrifiadur – *computer*   **diolch byth!** – *thank goodness!*

Herald Tudno. **Gohebydd** oedd o, ond doedd o ddim yn ohebydd pwysig iawn. Roedd o'n hoffi'r gwaith ond doedd o ddim yn cael llawer o arian. Pan ddechreuodd o weithio i'r papur tua dau ddeg mlynedd yn ôl, roedd gynno fo syniadau mawr. Roedd o isio gweithio yno am dipyn o flynyddoedd ac wedyn symud i Lundain i weithio i un o'r papurau newydd mawr. Ond wrth i amser fynd ymlaen, aros yn gweithio ar *Herald Tudno* wnaeth o.

Roedd Sam yn ysgrifennu am fywydau cyffredin pobl Llandudno, ac weithiau roedd o'n cael stori fawr. Wedyn roedd pawb yn y swyddfa yn gweithio efo'i gilydd fel tîm, ac roedd Sam yn mwynhau eto am dipyn o amser.

'Hana, lle wyt ti?' galwodd Sam.

'I fyny'r grisiau, efo Alys!' galwodd Hana yn ôl.

Aeth Sam i fyny'r grisiau lle roedd ei wraig Hana yn yr ystafell ymolchi. Roedd ei ferch ddwy oed, Alys, yn y bath ac yn chwarae efo teganau plastig coch a melyn.

'Helô, fy hoff ferched,' meddai Sam a rhoi cusan i'r ddwy.

'Hei, beth amdana i?' galwodd Catrin o'i hystafell wely. 'Fi oedd eich hoff ferch chi ddoe!'

'Ddoe oedd ddoe,' atebodd Sam, 'pan wnest ti baned o de i mi!' Aeth i mewn i ystafell wely Catrin. Roedd Catrin yn **chwilio am** rywbeth ar **y we**.

'Dw i'n trio chwilio am **wybodaeth** am yr Ariannin i wneud fy ngwaith cartref,' meddai Catrin, gan roi cusan yn ôl i Sam.

---

gohebydd – *reporter, correspondent*	**y we** – *the internet, the web*
chwilio am – *to search for, to seek*	**gwybodaeth** – *information*

'Dos i weld Magi. Mae hi wedi bod ar wyliau yn yr Ariannin!' meddai Sam.

'Na, mae'n iawn. Mae'n fwy cyflym chwilio ar y we. A dw i ddim yn siŵr ydy hi'n gwybod rhywbeth am Indiaid y Mapuche. Dw i wrth fy modd efo **daearyddiaeth** fel dach chi'n gwybod, Dad.'

'Da iawn,' meddai ei thad.

'A... wel, mae'r athro yn **trefnu** trip i Norwy haf nesa. Mi wnaethon ni siarad amdano fo heddiw. Mae'n swnio'n fendigedig. Ga i fynd?' Edrychodd Catrin ar ei thad. Roedd hi'n edrych yn llawn **cyffro**.

'Mi fydd o'n ddrud, bydd?' gofynnodd Sam.

'Dw i ddim yn siŵr,' meddai Catrin, ond roedd hi'n gwybod doedd o ddim yn **rhad**. 'Mae gen i arian pen-blwydd. Mi fasen ni'n medru defnyddio'r arian yna.'

'Ia, ond does yna ddim digon o arian i dalu am wyliau yn Norwy. Mi wna i siarad efo dy fam am y peth,' meddai Sam, ac aeth allan o'r ystafell, yn poeni yn fawr am yr arian.

Aeth Sam i mewn i ystafell ei ferch fach, Alys. Roedd ei wraig Hana yn eistedd ar y gwely. Roedd Alys bron â chysgu, felly rhoddodd Sam gusan nos da iddi.

'Faint o arian mae Catrin angen i fynd i Norwy?' gofynnodd i Hana wrth i'r ddau fynd i lawr y grisiau.

'Llawer iawn. Tua £700, dw i'n meddwl. Rhaid iddi hi ddweud

daearyddiaeth – *geography*	**cyffro** – *excitement*
trefnu – *to organise*	**rhad** – *cheap*

wrth yr athro dydd Llun os ydy hi'n mynd,' atebodd Hana. 'Mae hi'n llawn cyffro isio mynd.'

'Dw i'n gwybod. Mi wna i drio chwilio am bres **rhywsut**.' Cerddodd Sam i'r ardd yn y cefn i gael sigarét. Eisteddodd Hana wrth y bwrdd yn y gegin a darllen papur newydd.

Daeth Sam i mewn ar ôl gorffen ei sigarét ac edrychodd Hana arno. 'Mi faswn i'n medru cael gwaith, Sam,' meddai. 'Ond dw i isio aros adre efo Alys am fwy o amser os medra i.'

'Dw i'n gwybod. Mae'n iawn,' meddai Sam. 'Mi wna i ofyn i Jeremy ga i **fenthyg** arian gynno fo. Dw i ddim yn licio gofyn iddo fo eto ond...'

Roedd gan Jeremy, ei frawd mawr, swydd dda. Roedd o'n gweithio efo cyfrifiaduron, byd lle doedd neb yn poeni am bres. Roedd Jeremy yn gryf – yn galed, meddai rhai pobl. Roedd o'n symud i swydd **well** bob tro. Doedd o ddim yn hapus os oedd bywyd yn rhy **ddistaw** a **hawdd** ac roedd ei wraig **yr un fath**. Roedd y ddau yn gweithio'n galed ac yn chwarae'n galed. 'Mae'n dda does gynnyn nhw ddim plant; does gynnyn nhw ddim digon o amser i blant,' meddyliodd Sam. Doedd Jeremy ddim yn deall bod plant yn ddrud iawn! Doedd Sam ddim yn hoffi mynd

rhywsut – *somehow, anyhow*	**distaw** – *quiet, calm*
benthyg – *to borrow*	**hawdd** – *easy*
gwell – *better*	**yr un fath** – *the same, just like*

at ei frawd i ofyn am arian. Roedd o'n gwybod bod gan Jeremy **bechod** dros ei frawd bach.

'Pam dwyt ti ddim yn cael gwell swydd, Sam? Ti'n ddigon **clyfar** i wneud unrhyw beth!'

'Dw i'n licio fy ngwaith,' atebodd Sam. 'Dw i ddim isio gweithio yn rhywle arall.' Doedd Sam ddim yn hoffi ei swydd a dweud y gwir, ond doedd o ddim isio i Jeremy wybod hynny.

Sgwrs fel hyn gafodd y ddau ar y ffôn nos Wener i ddechrau, ond wedyn mi wnaeth y sgwrs newid.

'Na. Mae'n ddrwg gen i, Sam, ond dw i ddim yn mynd i **roi benthyg** arian i ti y tro yma,' meddai Jeremy.

'Be?' meddai Sam.

'Dim arian y tro yma, sori, Sam. Rhaid i ti newid swydd. Cael swydd efo mwy o arian, Sam. Mi wyt ti'n dŵad i ofyn i mi bob tro ti angen arian. Mae'n rhy hawdd.'

Mi wnaeth Sam roi'r ffôn i lawr. Roedd ei ben yn **brifo**. Doedd o ddim yn medru **credu'r** peth. Doedd ei frawd ei hun ddim isio helpu. Roedd ei frawd wedi gwneud iddo deimlo'n fach, fach wrth siarad efo fo fel yna.

Aeth Sam yn ôl i'r gegin.

'Be wnaeth o ddweud?' gofynnodd Hana.

'Iawn,' atebodd Sam. 'Mae o'n hapus i roi benthyg yr arian i Catrin gael mynd i Norwy.'

'Diolch, cariad. Mae'n anodd i ti ofyn iddo fo, dw i'n gwybod, ond diolch,' atebodd Hana a rhoi cusan iddo fo. Wnaeth Sam ddim edrych ar Hana, ac aeth i chwilio am Catrin.

bechod – *pity, shame*	**brifo** – *to hurt, to ache*
clyfar – *clever*	**credu** – *to believe*
rhoi benthyg – *to lend*	

Pennod 5
Huw a Maria

Agorodd Maria ddrws ffrynt ei thŷ a gadael Huw i mewn.

'Haia,' meddai Huw a rhoi cusan i Maria. Edrychodd Maria i lygaid Huw am funud.

'Pam wyt ti'n edrych arna i fel yna? Sgen i rywbeth ar fy wyneb?' gofynnodd Huw a rhoi cusan arall iddi.

'Na, dw i jyst isio edrych ar dy wyneb. Mae gen ti wyneb del,' meddai Maria a cherdded i'r ystafell fyw.

'Wyt ti'n iawn?' gofynnodd Huw. 'Dw i ddim wedi dy weld di llawer yr wythnos yma.'

'Dw i'n iawn,' atebodd Maria. Yna edrychodd ar Huw eto. Roedd hi'n edrych ar ei ffrind **gorau**, ar berson roedd hi'n ei **garu**. Ond roedd hi'n gwybod hefyd basai be roedd hi'n mynd i'w ddweud yn y ddau funud nesaf yn newid popeth.

'Eistedda i lawr, Huw, rhaid i mi siarad efo ti,' meddai Maria. Gafaelodd yn ei law. 'Does dim ffordd hawdd o ddweud hyn, ond... dw i wedi cyfarfod rhywun arall.'

'Be wyt ti'n feddwl – cyfarfod rhywun arall...?' Am funud doedd Huw ddim yn deall. Yna aeth ei wyneb yn wyn.

'Pan o'n i ar wyliau efo'r teulu yn Ffrainc dros y Flwyddyn Newydd, mi wnes i gyfarfod dyn a...' Roedd hyn yn anodd i Maria. 'Dw i mewn cariad efo fo, dw i'n meddwl.'

---

gorau – *best*   **caru** – *to love, to adore*

'Ond... mi wyt ti mewn cariad efo fi! Dyna wnest ti ddweud!' meddai Huw mewn llais uchel.

'Do, mi wnes i. **Dw i'n dy garu di** ond dw i'n dy garu di fel brawd. Dw i'n teimlo cariad gwahanol at François.' Edrychodd ar Huw eto. 'O, mae'n ddrwg gen i, Huw. Do'n i ddim isio i hyn ddigwydd.'

'Dwyt ti ddim mewn cariad efo fo,' meddai Huw. 'Dim ond ychydig o hwyl oedd o. Sut wyt ti'n medru **syrthio** mewn cariad efo rhywun arall? Wyt ti wedi clywed ganddo ers y gwyliau? Ydy o'n dweud fod o'n dy garu di hefyd?'

'Ydy, mae o'n fy ngharu i hefyd,' atebodd Maria. 'Dan ni wedi e-bostio bob dydd ac mi wnaeth o ddŵad i Lundain yr wythnos diwetha am dipyn. Mi wnaethon ni weld ein gilydd pan oeddwn i'n aros efo fy chwaer.'

'Mi wnest ti ddweud bod dy chwaer isio cael amser efo ti!' meddai Huw. 'Doedd hynny ddim yn wir, nag oedd? Roeddet ti'n dweud **celwydd**!'

---

dw i'n dy garu di – *I love you*   **celwydd** – *lie, untruth*
syrthio – *to fall*

Edrychodd Huw ar Maria. Doedd o ddim yn medru credu beth oedd yn digwydd.

'Pan dan ni'n gorffen yr ysgol yn yr haf, dw i'n mynd i Baris i **astudio**. Mae François yn astudio yno ar hyn o bryd.'

Edrychodd Maria ar y llawr.

'Mi wyt ti wedi meddwl am bob dim, do!' meddai Huw. 'Pryd wnaethoch chi **benderfynu** gwneud hyn i gyd?'

Wnaeth Maria ddim ateb.

Aeth Huw at y drws a gwisgo ei gôt. 'Dw i'n mynd,' meddai. 'Dw i ddim yn medru aros yma. Mae'n brifo jyst i dy weld di!'

'Wyt ti'n iawn, Huw?' gofynnodd Maria.

'Dw i ddim yn siŵr. A ddim dy broblem di ydy o rŵan, naci?' atebodd Huw yn **flin**.

'Huw, plis paid â mynd!' meddai Maria 'Rhaid i ni siarad!' Ond roedd Huw wedi rhedeg allan o'r tŷ.

Rhedodd a rhedodd Huw tan doedd o ddim yn medru rhedeg **dim mwy**. Doedd o ddim yn flin rŵan ond roedd o'n ofnadwy o drist. Dechreuodd gerdded adre'n araf. Roedd o'n gobeithio bod neb adre; doedd o ddim isio siarad efo neb.

Ar ôl cerdded at y tŷ, gwelodd fod pob golau ymlaen. Triodd agor y drws yn ddistaw ond doedd o ddim yn medru. Mi wnaeth ei fam o glywed.

'Huw, ti sydd yna?' galwodd ei fam o'r ystafell fyw.

---

astudio – *to study*	**blin** – *cross, bad-tempered*
penderfynu – *to decide*	**dim mwy** – *any more, no more*

Daeth at ddrws yr ystafell. 'Pam wyt ti adre mor gynnar?'

'Mi wna i ddweud wrthoch chi fory,' atebodd Huw. 'Dw i'n mynd i f'ystafell wely rŵan.'

'Ond plis wnei di ddŵad i'r ystafell fyw am funud?' meddai ei fam.

'Oes rhaid i mi?' gofynnodd Huw.

'Oes!' atebodd ei fam.

Aeth Huw a'i fam i mewn i'r ystafell fyw a gwelodd Huw ddyn yn eistedd ar y soffa.

'Huw,' meddai ei fam. 'Dyma Simon. Dy dad di.'

Edrychodd Huw ar y dyn ond wnaeth o ddim dweud dim byd. Wnaeth Simon ddim dweud dim byd chwaith, a doedd o ddim yn medru edrych ar Huw. Ar ôl munud neu ddau, meddai Huw, 'Felly, lle dach chi wedi bod am y deg mlynedd diwetha?'

Atebodd Simon: 'Mae hi wedi bod yn anodd, ond mi wna i drio dweud wrthat ti be wnaeth ddigwydd.'

Ond doedd Huw ddim isio clywed mwy y noson honno. Rhedodd allan o'r tŷ. Aeth at lan y môr ac eistedd yn edrych ar y dŵr. Roedd o'n teimlo **ar goll**. Roedd pob dim wedi newid. Roedd Maria mewn cariad efo rhywun arall. Roedd rhyw ddyn – dyn yr oedd wedi galw 'Dad' arno ddeg mlynedd yn ôl – yn eistedd yn ei dŷ. Roedd Huw jyst ar goll.

Roedd hi'n oer ac yn bwrw glaw, ond mi wnaeth Huw eistedd yn y glaw yn edrych ar y môr. Am funud, meddyliodd am neidio i mewn i'r dŵr a gadael i'r môr ei gario i ffwrdd. 'Pwy fydd yn sori wedyn? Neb!' meddyliodd. Ond doedd o ddim yn meddwl hynny go iawn.

---

ar goll – *lost*

Cododd a throi o lan y môr a dechrau cerdded. A cherdded, a cherdded. **Crwydrodd** strydoedd Llandudno am oriau. Roedd hi'n bwrw glaw o hyd ac roedd o'n wlyb iawn, iawn. Am un o'r gloch y bore, roedd o'r tu allan i swyddfa bost fawr y dref. Roedd hi'n brysur iawn yno. Roedd un fan fawr ar ôl y llall yn cyrraedd efo bagiau o lythyrau. Roedd Huw yn hapus yn sefyll yno tu allan i'r **giât** yn edrych ar y faniau yn mynd a dŵad, a'r bagiau llythyrau yn mynd i mewn i'r adeilad. Mi wnaeth o stopio meddwl am ei broblemau am ychydig wrth iddo fo edrych ar y lle prysur. Galwodd un o'r dynion arno:

'Hei, wyt ti'n iawn, mêt? Wyt ti isio gwaith?' Wnaeth Huw ddim ateb.

Galwodd rhywun y tu mewn i'r adeilad: 'Tyrd i mewn, Harri, mae paned yn barod!'

Agorodd y giât fawr i adael y fan nesa i mewn. Ac aeth Huw i mewn hefyd. Wnaeth y dyn wrth y giât ddim ei weld o'r tu ôl i'r fan – roedd o'n rhy brysur yn darllen y papur newydd. Daeth y **gyrrwr** allan o'r fan a mynd i mewn i'r adeilad. Wedyn doedd neb ond Huw yno. Roedd o isio mynd i mewn o'r tywydd gwlyb, felly aeth i mewn i'r fan ac eistedd i lawr rhwng dau fag o lythyrau. Roedd hi'n sych braf yno. Mi wnaeth o **ysmygu** ei sigarét a chau ei lygaid.

Deffrodd yn fuan wedyn pan glywodd sŵn pobl yn chwerthin y tu mewn i'r adeilad. Am foment doedd o ddim yn cofio lle roedd o. Wedyn mi wnaeth o gofio. Roedd o'n gwybod basai'n well iddo fo fynd adre a siarad

crwydro – *to wander, to roam*	**gyrrwr** – *driver*
giât – *gate*	**ysmygu** – *to smoke*

efo'i fam. Ac er bod Huw yn flin efo'i dad, roedd o hefyd isio gwybod pam roedd o'n ôl. 'A dw i ddim isio i rywun fy ngweld yn y fan yma!' meddyliodd. Neidiodd Huw allan o'r fan ac aros i'r giât agor eto. Pan agorodd y giât, rhedodd allan.

Clywodd Huw rywun yn galw ar ei ôl: 'Hei, ti! Stop!' ond wnaeth Huw ddim aros, dim ond rhedeg a rhedeg. Roedd ei ben yn brifo ac roedd ei ddillad yn wlyb iawn, iawn.

Dim ond un peth yn ei fywyd oedd yn gwneud iddo deimlo'n hapus ar hyn o bryd, a hynny oedd mynd i ffwrdd i'r coleg celf yn Llundain yn yr hydref. Roedd hi'n bwysig iawn iddo glywed yn ôl gan y coleg mor fuan â phosib.

Pennod 6
Nina a Dafydd

Roedd Dafydd yn y bath yn meddwl am Nina a'i swydd newydd ac am y teulu yn symud i Halifax. Roedd o'n mwynhau gweithio yn Chez Julie, a doedd o ddim isio gadael. Ac roedd Macsen yn mwynhau'r ysgol. Ond roedd Nina yn bwysig hefyd, ac roedd hi'n dda iawn yn ei gwaith.

Daeth allan o'r bath a gwisgo jîns a siwmper. Aeth i mewn i ystafell wely Macsen. Roedd ei fab yn cysgu. Rhoddodd Dafydd gusan i Macsen, **diffodd** y golau a gadael yr ystafell.

'Dw i'n mynd i ffonio Mam a Dad,' meddai Dafydd wrth Nina.

'Iawn, ond paid â dweud dim byd am fy swydd newydd,' atebodd Nina.

Ffoniodd Dafydd ei dad.

diffodd – *to put out, to switch off*

'Helô, Dad, dach chi'n iawn?'

'Iawn, diolch,' atebodd ei dad. 'Aeth dy fam a fi am dro braf at y **llyn** heddiw. Dw i isio siarad efo ti, a dweud y gwir. Mae rhywbeth yn y post i ti, rhywbeth ar gyfer dy ben-blwydd dydd Mawrth. Syrpréis fydd o, dw i'n gwybod, ond syrpréis neis, gobeithio.'

'Diddorol,' meddai Dafydd. 'Dach chi'n mynd i ddweud mwy wrtha i?'

'Nac ydw, rhaid i ti aros. Mae dy fam isio siarad efo ti hefyd,' meddai ei dad. 'Joan!' galwodd. 'Mae Dafydd ar y ffôn!'

'Dw i'n dŵad, dw i'n dŵad!' meddai ei fam. Yna clywodd Dafydd ei fam yn siarad efo'i dad mewn llais isel. 'Wyt ti wedi dweud wrtho fo?' Yr ateb oedd 'Naddo.'

'Helô, Dafydd,' meddai ei fam. 'Ydan ni'n mynd i weld pawb cyn bo hir? Dach chi'n dŵad yma dros y penwythnos?'

'Ydan, dydd Sul,' meddai Dafydd. 'Dw i'n gweithio dydd Sadwrn ond mae dydd Sul yn iawn.'

'Da iawn,' meddai ei fam, yn hapus. 'Dan ni isio gweld ein **hŵyr** bach eto. Dach chi ddim yn byw yn bell – dan ni'n lwcus, ac yn medru gweld Macsen yn reit aml.'

'Lwcus...' meddai Dafydd, ond roedd o'n meddwl wrtho fo ei hun: 'Sut dan ni'n mynd i ddweud wrthyn nhw amdanan ni yn mynd i ffwrdd yn bell, i fyw yn Halifax?'

'Dw i'n rhoi'r ffôn yn ôl i dy dad rŵan, mae o isio dweud rhywbeth am yr ardd,' meddai ei fam. 'Mi wnawn ni weld pawb dydd Sul.'

---

llyn - *lake*   **ŵyr** - *grandson*

'Ta ta, Mam,' meddai Dafydd. Yna mi wnaeth Dafydd a'i dad siarad am yr ardd. Roedd ei dad yn hapus iawn pan oedd o'n gwneud pethau y tu allan.

Ar ddiwedd y sgwrs, meddai ei dad, 'Gobeithio fydd y syrpréis pen-blwydd yn rhywbeth wyt ti isio.'

'Mi wna i ffonio y munud mae o'n cyrraedd,' atebodd Dafydd. 'Hwyl am rŵan, Dad.'

Ar ôl dweud ta ta, cerddodd Dafydd i'r ystafell fyw.

'Popeth yn iawn?' gofynnodd Nina.

'Ydy, grêt,' meddai Dafydd. 'Dan ni'n mynd atyn nhw dydd Sul am y dydd. Ydy hynny'n iawn?'

'Wrth gwrs,' atebodd Nina. Ond doedd Dafydd ddim yn edrych yn hapus iawn.

'Roedd Mam yn dweud bod hi'n hapus bod ni ddim yn byw yn rhy bell. Ro'n i'n teimlo'n ofnadwy. Maen nhw'n mynd yn hen ac mi fyddan nhw'n **anhapus** pan fyddan ni'n dweud bod ni'n mynd i ffwrdd i fyw yn Halifax.'

'Dw i'n gwybod, Dafydd,' meddai Nina, 'ond mi fyddan nhw isio i ni wneud beth sy'n iawn i ni fel teulu.'

'Ond dw i ddim yn siŵr ydy symud i ffwrdd yn iawn i ni fel teulu...' meddai Dafydd yn ddistaw.

Mi wnaeth Dafydd a Nina siarad am awr a mwy, am y cwestiynau: 'Ydy hi'n iawn i ni fynd i Halifax?', 'Ydan ni'n mynd i ofyn i fam a thad Dafydd ddŵad efo ni?', 'Ydan ni'n mynd i anghofio am y swydd newydd ac aros yn Llandudno?' Wedyn mi wnaethon nhw siarad am syniad newydd: ella basai'n bosib i Dafydd a Macsen aros yn Llandudno, ac i Nina fynd i Halifax i weithio drwy'r wythnos a dŵad adre bob penwythnos. Ond sut fasai

---

anhapus – *unhappy*

Dafydd yn medru gweithio yn Chez Julie a hefyd edrych ar ôl Macsen?

Ar ôl siarad a siarad, mi wnaethon nhw **gytuno**: basai'r teulu i gyd yn symud i Halifax yn yr haf.

'Fydd popeth yn iawn, bydd?' gofynnodd Nina.

'Gobeithio, cariad,' atebodd Dafydd. 'Gobeithio wir.'

cytuno – *to agree*

Pennod 7
Sioc i Magi

Ar ôl darllen yr e-bost gan Xavier, rhoddodd Elen yr e-bost yn ôl i Magi.
'Od iawn,' meddai Elen. 'Ydy Xavier mewn **trwbl** efo'r heddlu, ella?'
'Xavier? Na, dw i ddim yn meddwl,' meddai Magi.
'Dim ond am dair wythnos oedden ni yn yr Ariannin,' meddai Elen. 'Pa mor dda wyt ti'n nabod Xavier? Wyt ti wedi cael llythyr neu e-bost arall ganddo?'
'Ydw, dw i wedi cael un, ond wnaeth o ddim dweud dim am ddŵad i Gymru,' atebodd Magi.
'O, wel. Does dim byd wyt ti'n medru wneud, dim ond aros am ei lythyr a **gobeithio'r gorau**,' meddai Elen.
'Dw i wedi cofio rhywbeth,' meddai Magi. 'Mi wnaeth rhywun ffonio cyn i ti gyrraedd ond wnaeth y person ddim gadael neges ar y peiriant ateb.'
'Wyt ti isio i mi fynd i rywle arall?' gofynnodd Elen.
'Na, mae'n iawn, dim ond dau funud fydda i'n gweld pwy wnaeth ffonio. Wedyn wnawn ni gael swper.'
Ffoniodd Magi y rhif yn ôl; rhif **ffôn symudol** oedd o.
'Helô?' Llais dyn oedd o, efo **acen dramor**.
'O, helô,' meddai Magi. 'Mi wnaethoch chi ffonio'r rhif yma, Llandudno 723419. Pwy sy'n siarad?'

---

trwbl – *trouble*
gobeithio'r gorau – *to hope for the best*
ffôn symudol – *mobile phone*
acen dramor – *foreign accent*

'Sori' meddai'r dyn, 'ond rhif **anghywir** oedd o.'
'O, iawn. Ta ta,' meddai Magi a diffodd y ffôn.
'Rhif anghywir,' meddai Magi wrth Elen. 'Rhywun efo acen dramor, acen **Sbaenaidd**, dw i'n meddwl.'
'O'r Ariannin, ella?' gofynnodd Elen.
'Ella,' meddai Magi. 'Ond dydy o ddim yn bwysig. Mae hi'n amser swper rŵan. Tyrd i'r gegin.'
Mi wnaeth Magi ac Elen fwyta'r lasagne, yna mi wnaethon nhw edrych ar y lluniau gwyliau a chwerthin wrth gofio rhai pethau.
Yn sydyn, daeth sŵn o'r ystafell fyw. Neidiodd y ddwy.
'Mae'n iawn,' meddai Magi, a chwerthin. 'Dim ond y ffenest oedd yn gwneud y sŵn. Mae'n gwneud sŵn bob tro mae hi'n wyntog.'
Ond wedyn, roedd yna sŵn arall, sŵn gwahanol y tro yma. Roedd rhywun wrth y drws ffrynt.
'Pwy sy'n galw mor hwyr?' meddai Magi.
Cerddodd at y drws ffrynt. Agorodd y drws a gweld dyn yn sefyll yno.
'Ia?' gofynnodd Magi. 'Ga i helpu chi?'
'Chi ydy Magi Puw?' gofynnodd y dyn.
'Ia,' atebodd Magi. 'Pwy...?' Ond wnaeth Magi ddim gorffen y cwestiwn.
Daeth y dyn i mewn i'r tŷ a chau'r drws.
'Esgusodwch fi!' meddai Magi yn flin. 'Be dach chi'n wneud? Pwy dach chi?'
Wrth glywed y sŵn uchel, daeth Elen o'r gegin.
'Eisteddwch, y ddwy ohonoch chi,' meddai'r dyn yn ddistaw. 'Dw i ddim isio brifo neb.'

---

anghywir – *incorrect, wrong*   Sbaenaidd – *Spanish*

Eisteddodd Elen a Magi yn agos at ei gilydd ar y soffa.

'Dw i'n chwilio am ffrind i chi – Xavier Santos,' meddai'r dyn.

'Dydy o ddim yma,' meddai Magi ac Elen ar yr un pryd.

'Pwy dach chi?' gofynnodd Magi eto.

'Galwch fi'n... ffrind i'r teulu Santos,' meddai'r dyn. 'Mae Xavier yma, yng Nghymru, dw i'n gwybod, a dw i isio siarad efo fo.'

'Dw i ddim wedi clywed gan Xavier ers i mi ddŵad adre o'r Ariannin,' meddai Magi yn gyflym.

'Naddo?' gofynnodd y dyn. Cerddodd o gwmpas yr ystafell ac edrych ar bopeth – cardiau post gan ffrindiau ar wyliau, y bil ffôn ar ben y teledu. Yn sydyn, cofiodd

Magi am e-bost Xavier oedd ar y bwrdd. Ond roedd hi'n rhy hwyr. Roedd y dyn wedi gweld y papur ac roedd o'n darllen yr e-bost.

'Gan ryw Xavier arall mae hwn felly, ia?' gofynnodd. 'Lle mae'r llythyr mae o'n **sôn** amdano fo yn yr e-bost?'

'Dydy'r llythyr ddim wedi cyrraedd,' meddai Magi, yn **ofnus**. Roedd **ofn** ar Elen hefyd. Doedd hi ddim yn deall pam roedd y dyn yn y tŷ.

'Sut oeddech chi'n gwybod lle dw i'n byw?' gofynnodd Magi.

'Mi welais eich **cyfeiriad** yn nhŷ Xavier,' meddai'r dyn. 'A'ch llun chi hefyd. Wnaethoch chi fwynhau eich hun yn fy **ngwlad** i, Magi? Yn yr Ariannin?'

Wnaeth Magi ddim ateb. Yna gofynnodd, efo ofn yn ei llais, 'Pam dach chi'n chwilio am Xavier?'

'Mae ganddo rywbeth dw i isio,' meddai'r dyn. 'Wnaeth o roi rhywbeth i chi ddŵad yn ôl i Gymru efo chi?' Roedd y dyn yn sefyll yn agos iawn, iawn at Magi rŵan.

'Wnaeth o ddim rhoi dim byd i mi,' atebodd Magi.

'Hmmmm... dach chi'n iawn, ella, ond dw i'n gwybod bydd Xavier yn dŵad yma cyn bo hir. Ac mi fydda i'n barod amdano fo pan mae o'n cyrraedd.' Edrychodd y dyn ar Magi. 'Dydy Xavier ddim yn ddyn da, Magi,' meddai. 'Dydy o ddim yn ddyn da i ferch neis fel chi.'

Yna symudodd yn ôl.

'Cofiwch, Magi, mi fydda i'n dŵad yn ôl.'

sôn – *to mention*	**cyfeiriad** – *address, direction*
ofnus – *fearful, apprehensive*	**gwlad** – *country*
ofn – *fear, apprehension*	

Yna, aeth y dyn allan o'r tŷ. Neidiodd Magi ac Elen ar eu traed. 'Rhaid i ti ffonio'r heddlu, Magi,' meddai Elen. 'Mae hyn yn ofnadwy. Wedyn rhaid i ti ddŵad adre efo fi. Dwyt ti ddim yn **ddiogel** yma.'

Ffoniodd Magi'r heddlu a dweud pob dim wrthyn nhw. 'Dw i ddim yn mynd i aros yma, dw i'n aros efo ffrind heno. Mi fedrwch chi ffonio'r ffôn symudol ar 07776 567 831.' Mi wnaeth yr heddlu ofyn iddi ddŵad i **orsaf** yr heddlu y diwrnod wedyn.

Rhoddodd Magi ychydig o bethau mewn bag i aros **dros nos** efo Elen.

'Dw i mor **wirion**,' meddai Magi. 'Roedd Xavier yn ddyn neis, ac roedden ni mewn cariad efo'n gilydd – dyna o'n i'n feddwl. Ond dim ond chwarae gêm oedd o.'

Ffoniodd Magi am dacsi ac mi wnaeth y ddwy adael y tŷ hanner awr wedyn.

diogel - *safe*	**dros nos** - *overnight*
gorsaf - *station*	**gwirion** - *silly, daft*

Pennod 8
Sam

'O le dw i'n mynd i gael £700?' meddyliodd Sam y noson honno. 'A pham wnes i ddim dweud wrth Hana am Jeremy?'

Ond roedd hi'n rhy hwyr rŵan. Roedd Catrin yn mynd i Norwy. 'Mae hynny'n grêt, Dad! Diolch yn fawr iawn!' meddai hi, a rhoi cusan iddo. Roedd gweld Catrin mor hapus yn gwneud i Sam deimlo'n hapus hefyd.

'Dw i'n gwybod beth wna i,' meddyliodd Sam yn drist. 'Mae gen i'r **gemwaith** wnaeth Mam roi i mi cyn iddi farw. Ar y ffordd i'r gwaith bore dydd Llun, mi wna i fynd â rhai ohonyn nhw i siop sy'n gwerthu gemwaith. Dw i'n siŵr bydd ganddyn nhw ddiddordeb mewn prynu **modrwy ddiemwnt**.' Doedd Sam ddim isio gwerthu gemwaith ei fam. Roedd ei fam isio i Catrin gael nhw ar ôl iddi farw.

'Mae Jeremy yn iawn, ella,' meddyliodd Sam. 'Dw i angen swydd efo mwy o arian. Dw i ddim yn gwybod pa mor hir dan ni'n medru mynd ymlaen fel hyn.'

* * *

Y bore hwnnw, 600 **cilomedr** i ffwrdd yn Glasgow, mi wnaeth rhywbeth ddigwydd fasai'n newid bywyd Sam. Ond doedd Sam yn gwybod dim byd am y peth.

---
gemwaith – *jewellery*   **cilomedr** – *kilometre*
modrwy ddiemwnt – *diamond ring*

Daeth dyn a dynes i swyddfa **cyfreithwyr** Barrett, Grabbe a Lennox. Mi aethon nhw i fyny'r grisiau i swyddfa Frank Barrett. Roedd o'n lle **hen ffasiwn** iawn efo **dodrefn** tywyll. Roedd **cannoedd** o lyfrau o gwmpas yr ystafell.

'Bore da,' meddai Mr Barrett wrth y bobl. 'Paul a Sonia Cooper, ia? Eisteddwch os gwelwch yn dda.'

'Diolch,' meddai Sonia, ac eistedd drws nesa i Paul, ei brawd.

'Mae'n ddrwg gen i am eich tad,' meddai Mr Barrett. 'Dan ni wedi edrych ar ôl ei fusnes ers blynyddoedd.'

'Diolch,' meddai Paul. 'Roedd o'n naw deg un pan

cyfreithwyr –*solicitors*	**dodrefn** – *furniture*
hen ffasiwn – *old fashioned*	**cannoedd** – *hundreds*

wnaeth o farw. Ond rŵan dan ni angen gwybod beth oedd o isio gwneud efo'i arian **ac ati**.'

'Paul!' meddai Sonia. 'Mae hynny'n swnio'n ofnadwy!'

'Mae'n iawn,' meddai Mr Barrett. 'Dw i am ddweud wrthoch chi beth wnaeth o ysgrifennu yn ei **ewyllys**.' Doedd Mr Barrett ddim bob tro yn mwynhau darllen ewyllys i'r teulu. Weithiau roedd syrpréis mewn ewyllys oedd ddim yn gwneud y teulu'n hapus.

Dechreuodd Mr Barrett ddarllen yr ewyllys yn uchel:

'Dw i'n gadael fy nhŷ a phopeth sydd yn y tŷ i fy mhlant, Paul a Sonia. Dw i'n gadael fy arian i fy **wyrion**, Robert, Amy a Charlie.'

Roedd Paul a Sonia yn edrych yn hapus. Aeth Mr Barrett ymlaen: 'Ond ddim yr arian i gyd.' Rŵan doedd Paul a Sonia ddim yn edrych mor hapus.

'Dw i isio gadael ychydig o fy arian i un person arbennig sydd wedi bod yn ffrind da iawn i mi yn fy mywyd – Samuel Davies. Tri deg mlynedd yn ôl, pan wnaeth fy ngwraig farw, roedd Sam yn byw drws nesa i mi. Dyn ifanc oedd o, ond mi wnaeth o roi oriau o'i amser i siarad efo fi ar y pryd. Roedd o'n **ymweld â** mi bob dydd, ac yn gwrando arna i'n siarad am fy ngwraig. Wnes i erioed anghofio pa mor **garedig** oedd o. Dyna pam dw i isio rhoi £50,000 iddo fo, i ddiolch.'

Aeth y swyddfa yn ddistaw ar ôl i Mr Barrett stopio darllen. Yna meddai Paul Cooper, 'Mae Samuel Davies

---

ac ati – *and so on*	**ymweld â** – *to visit*
ewyllys – *will*	**caredig** – *kind*
wyrion – *grandchildren*	

yn ddyn lwcus – mae £50,000 yn lot o bres, dim ond am siarad efo Dad.'

Meddai Sonia, 'Dw i ddim yn cofio Samuel Davies. Ond dyna oedd Dad isio gwneud efo'i arian, felly dyna ni. Dan ni ddim yn medru newid dim byd. Ond faint o bres fydd yna i'r wyrion?'

'Dw i ddim yn siŵr ar hyn o bryd. Rhaid i ni aros i weld,' meddai Mr Barrett. 'Rhaid i ni ysgrifennu i ddweud wrth Samuel Davies, ond dw i ddim yn siŵr ydy ei gyfeiriad o'n gywir erbyn hyn. Ond mi wna i ysgrifennu atoch chi pan fydda i'n gwybod.'

'Ond os dach chi ddim yn medru **darganfod** Samuel Davies, be fydd yn digwydd i'r pres?' gofynnodd Sonia.

'O, mi fyddwn ni'n siŵr o ffeindio Sam. Ella fydd hi'n **fisoedd**, ond dan ni'n ffeindio pobl yn y diwedd fel arfer.'

Aeth Paul a Sonia allan o swyddfa'r cyfreithiwr yn ddistaw. Rhoddodd Mr Barrett bapurau i'r **ysgrifenyddes** ac mi wnaeth hi ysgrifennu llythyr at Samuel Davies. Wrth iddi bostio'r llythyr, meddyliodd, 'Mae Samuel Davies yn ddyn lwcus. Be mae o'n mynd i wneud efo £50,000?'

* * *

Nôl yn Llandudno y noson honno, doedd gan Sam ddim syniad am Mr Cooper a'i arian, wrth gwrs. Aeth i'r gwely yn teimlo'n anhapus. Oedd o'n gwneud y peth iawn yn gwerthu gemwaith ei fam? A sut oedd dyn yn ei bum degau fel fo yn mynd i gael swydd oedd yn talu mwy o arian?

---

darganfod – *to discover* **ysgrifenyddes** – *secretary*
misoedd – *months*

Pennod 9
Tân!

Am hanner awr wedi tri, bore dydd Sadwrn, Mawrth 15, dechreuodd tân bach mewn fan y tu ôl i'r swyddfa bost fawr yn Llandudno. Wnaeth neb weld y tân i ddechrau achos roedd pawb y tu mewn i'r adeilad.

Yna mi wnaeth rhywun weld **mwg** a galw 'Tân!' Rhedodd rhywun arall allan o'r adeilad a gweld beth oedd yn digwydd. Mi wnaethon nhw drio diffodd y tân ond roedd o wedi mynd yn rhy fawr.

Galwodd rhywun am y **gwasanaeth tân**.

Daeth y gwasanaeth tân yn sydyn a diffodd y tân. Roedd dau fag mawr o lythyrau wedi **llosgi**. Yn y bagiau roedd pedwar llythyr pwysig iawn i rai o bobl Stryd y Parc.

---

mwg – *smoke*   **llosgi** – *to burn*
gwasanaeth tân – *fire service*

                                    Ysgol Gelf St Martin,
                                    Charing Cross Road,
                                    LLUNDAIN.
                                    N1 4AB

Huw Jones,
12 Stryd y Parc,
Llandudno,
Sir Conwy
LL30 5RD

                                                Mawrth 13

Annwyl Huw

Diolch am ddod i weld y coleg yr wythnos diwethaf. Rydan ni'n hoffi eich gwaith yn fawr ac rydan ni'n meddwl y basech chi'n gwneud yn dda efo ni yn Ysgol Gelf St Martin.

Rydan ni'n hapus i **gynnig** lle i chi astudio yma ym mis Medi. Mae llawer o bobl eisiau dod yma i astudio, fel dach chi'n gwybod. Felly mae hi'n bwysig iawn i chi ateb. Os ydych chi eisiau dod i astudio yma, rhowch (✔) yn y blwch a phostiwch y llythyr yn ôl i ni erbyn Mawrth 25, os gwelwch yn dda.

Rydan ni'n edrych ymlaen at glywed yn ôl gynnoch chi cyn bo hir.

Yn gywir

Neil Parker

Neil Parker (tiwtor y cwrs)

....

☐ Ydw, dw i'n **derbyn** y lle i astudio ar y cwrs ym mis Medi.
☐ Nac ydw, dw i ddim yn derbyn y lle i astudio ar y cwrs ym mis Medi.

---

cynnig – *to offer*   **derbyn** – *to accept*

24 Stryd y Farchnad,
Dolgellau,
Gwynedd
LL40 7NR

Mawrth 13

Annwyl Dafydd,

Pen-blwydd hapus! Dan ni'n gobeithio fyddi di'n cael diwrnod arbennig.

Mae Dad a fi wedi bod yn meddwl am ein **dyfodol**, a dan ni isio gwneud rhywbeth efo'n harian. Mae gynnon ni ddigon i **fyw yn braf**, felly dan ni isio **gwario** tipyn bach o'r arian. Mi wyt ti'n gweithio'n galed iawn yn Chez Julie, dan ni'n gwybod, a dan ni'n gwybod hefyd baset ti wrth dy fodd yn prynu'r lle. Mi wnaethon ni gyfarfod Jean-Pierre wythnos diwetha a chynnig pris iddo fo, ac mae o'n hapus efo'r pris. Felly ti ydy perchennog newydd Chez Julie!

Mi wyt ti'n mynd i wneud y tŷ bwyta yn **well nag erioed**. Plis gawn ni ddŵad am swper ar y noson gyntaf?

Cariad mawr i ti, ein mab annwyl,

Mam a Dad xx

---

dyfodol - *future* **gwario** - *to spend money*
byw yn braf - *to live comfortably* **gwell nag erioed** - *better than ever*

Mi Casa,
La Boca,
Buenos Aires,
Yr Ariannin
37462474

Mawrth 6

Annwyl Magi
Wnest ti gael fy e-bost, gobeithio? A dw i'n gobeithio hefyd fydd y llythyr yma ddim yn gwneud i ti fynd yn flin.

Dw i'n dŵad i Gymru achos rhaid i mi adael Yr Ariannin. Dw i ddim wedi gwneud unrhyw beth o'i le, ond mae fy mrawd wedi gwneud rhywbeth gwael iawn. Mae o'n ffrindiau efo pobl ddrwg iawn ac mae o wedi mynd i rywle, a does neb yn gwybod lle mae o. Dw i ddim yn gwybod chwaith, ond dydy ei 'ffrindiau' ddim yn fy nghredu i. Dw i isio dŵad i Gymru i ddianc oddi wrth y bobl yma. Ella fedra i gael gwaith ac aros yng Nghymru am ychydig.

Dw i hefyd isio gweld ti. Tan i ni weld ein gilydd, plis wnei di gredu hyn: DW I DDIM WEDI GWNEUD UNRHYW BETH O'I LE.

Plis wnei di e-bostio fi a dweud ga i ddŵad atat ti?
Gyda llawer o gariad

Xavier xx

---

gwneud unrhyw beth o'i le – *dianc – to flee, to escape*
to do nothing / anything wrong

Barrett, Grabbe a Lennox
34 Queen Street,
Oatlands,
Glasgow.
G5 O29

Samuel Davies,
56 Stryd y Parc,
Llandudno,
Conwy.
LL30 5RD

Mawrth 14

Annwyl Mr Davies,

Rydan ni'n ysgrifennu i ddweud wrthoch chi am Mr Thomas Cooper. Yn anffodus, mi wnaeth Mr Cooper farw mis diwethaf. Roedd Mr Cooper wedi sôn amdanoch chi yn ei ewyllys, ac mi fasen ni'n **ddiolchgar** i chi am **gysylltu** efo'r swyddfa mor fuan â phosib.

Yn gywir

Frank Barrett
FRANK BARRETT

---

diolchgar – *grateful, thankful*   **cysylltu** – *to contact, to connect*

Y Dyfodol

Be wnaeth ddigwydd i Huw, Dafydd, Nina, Magi a'r teulu Davies?

Aeth Huw i ffwrdd i aros efo'i nain am ddeg diwrnod. Mi wnaeth hi edrych ar ei ôl yn dda, a dechreuodd deimlo'n well amdano fo'i hun. Pan ddaeth yn ôl i Landudno, roedd o'n gobeithio gweld llythyr yn cynnig lle iddo fo yn y coleg celf. Ond doedd dim llythyr. Ffoniodd y coleg, ond roedd hi'n rhy hwyr. Ond mi wnaeth y coleg ddweud basai Huw yn medru cael lle i astudio yno y flwyddyn nesa. Am flwyddyn, gwnaeth Huw aros yn Llandudno a gwneud llawer o swyddi gwahanol. Mi wnaeth Simon, ei dad, ddechrau dŵad i'r tŷ **o dro i dro** ac yn araf, dechreuodd Huw ddŵad i nabod ei dad.

Cyrhaeddodd llythyr Nina brif swyddfa'r banc yn ddiogel. Wnaeth Dafydd ddim cael y llythyr gan ei fam a'i dad, ond mi wnaethon nhw ffonio fo ar ei ben-blwydd a dweud wrtho fo am y tŷ bwyta. Hwn oedd yr **anrheg** pen-blwydd gorau erioed. Aeth Nina i weithio i'r banc yn Halifax a dŵad adre ar y penwythnos. Yn lwcus iawn, daeth **nith** Dafydd i weithio yn Llandudno, ac felly roedd hi'n medru aros efo nhw ac edrych ar ôl Macsen. Ond doedd pethau ddim yn hawdd i'r teulu. Roedd Dafydd isio i Nina ddŵad adre a

---

o dro i dro – *from time to time*   **nith** – *niece*
anrheg – *present, gift*

gweithio efo fo yn Chez Julie, ond mi wnaeth Nina aros yn Halifax am **ddeunaw** mis. Yna mi wnaeth hi gymryd swydd mewn banc yng **Nghaer**, tua awr o Landudno.

~

Wnaeth Magi ddim clywed eto gan y dyn o'r Ariannin. Wnaeth hi ddim clywed gan Xavier eto chwaith, a wnaeth o ddim dŵad i Gymru. Roedd Magi'n drist iawn. Roedd hi'n meddwl basai hi a Xavier yn hapus efo'i gilydd. Roedd hi'n anodd meddwl am Xavier fel dyn drwg. Weithiau, roedd hi'n meddwl am fynd yn ôl i'r Ariannin i chwilio amdano fo, ond wnaeth hi ddim. Dim ond ychydig o hwyl oedd o, meddyliodd.

~

Gwerthodd Sam y gemwaith oedd ganddo ar ôl ei fam, a rhoddodd yr arian i Catrin. Ar ôl tua wythnos, cafodd sgwrs arall efo'i frawd Jeremy. Ar ôl y sgwrs yna, mi wnaeth Sam benderfynu gadael ei swydd efo'r papur newydd ac ysgrifennu llyfr. Roedd o'n gweithio o adre, felly roedd o'n medru edrych ar ôl Alys hefyd. Roedd o'n teimlo'n od i ddechrau, ond wedyn dechreuodd fwynhau ei fywyd newydd. Roedd ysgrifennu llyfr yn gyffrous ac roedd Alys yn blentyn da. Mi wnaeth Hana fynd i weithio mewn siop, ac roedd hi wrth ei bodd yno. Doedd ganddyn nhw ddim llawer o arian. Yna, un diwrnod, daeth llythyr i Sam, llythyr gan Barrett, Grabbe a Lennox. A dechreuodd pethau **edrych yn well** i Sam a'i deulu bach.

---

deunaw – *eighteen*   **edrych yn well** – *to look better*
Caer – *Chester*

Geirfa

ac ati – *and so on*
acen dramor – *foreign accent*
anghywir – *incorrect, wrong*
am byth – *forever*
aml – *often*
anhapus – *unhappy*
anrheg – *present, gift*
arafa! – *slow down!*
arbennig – *special*
ardal – *area, locality*
ar goll – *lost*
ar hyn o bryd – *at the moment*
arogl – *smell*
astudio – *to study*

bechod – *pity, shame*
beth bynnag – *anyway, however*
blin – *cross, bad-tempered*
blwch postio – *postbox*
brifo – *to hurt, to ache*
bwydlen – *menu*
byd – *world*
bywyd – *life*
byw yn braf – *to live comfortably*

Caer – *Chester*
caled – *hard*
cannoedd – *hundreds*
caredig – *kind*

caru – *to love, to adore*
celwydd – *lie, untruth*
cilomedr – *kilometre*
cloch – *bell*
clyfar – *clever*
cogydd – *chef, cook*
Coleg Celf – *Art College*
credu – *to believe*
croes – *cross*
crwydro – *to wander, to roam*
cusan – *kiss*
cyfarfod – *to meet, meeting*
cyfeiriad – *address, direction*
cyfreithwyr – *solicitors*
cyfrifiadur – *computer*
cyffredin – *common, ordinary*
cyffro – *excitement*
cyn bo hir – *before long, soon*
cynnar – *early*
cynnig – *to offer*
cysylltu – *to contact, to connect*
cytuno – *to agree*

chwaith – *neither, either*
chwilio am – *to search for, to seek*

daearyddiaeth – *geography*
darganfod – *to discover*
derbyn – *to accept*
deunaw – *eighteen*
dianc – *to flee, to escape*

diddordeb – *interest*
diffodd – *to put out, to switch off*
dim mwy – *any more, no more*
dim ond – *only*
diogel – *safe*
diolch byth! – *thank goodness!*
diolchgar – *grateful, thankful*
distaw – *quiet, calm*
dodrefn – *furniture*
does dim ots gen i – *I don't mind, I don't care*
dros nos – *overnight*
drud – *expensive*
dw i'n dy garu di – *I love you*
dyfodol – *future*

edrych yn well – *to look better*
eleni – *this year*
ewyllys – *will*

ffôn symudol – *mobile phone*
Ffrengig – *French*

gafael – *to hold, to grasp*
galw – *to call*
gemwaith – *jewellery*
giât – *gate*
gobeithio – *to hope*
gobeithio'r gorau – *to hope for the best*
gohebydd – *reporter, correspondent*
go iawn! – *really!*
golygus – *handsome*

gorau – *best*
gorsaf – *station*
gwario – *to spend money*
gwasanaeth tân – *fire service*
gwell – *better*
gwell nag erioed – *better than ever*
gwirion – *silly, daft*
gwlad – *country*
gwneud unrhyw beth o'i le – *to do nothing / anything wrong*
gwybodaeth – *information*
gwydraid – *glassful*
gyrrwr – *driver*

hawdd – *easy*
hedfan – *to fly*
hen ffasiwn – *old fashioned*
hynny – *that*

isaf – *lowest*

llais – *voice*
llosgi – *to burn*
llyn – *lake*
llythyr – *letter*

meddai – *said*
misoedd – *months*
modrwy ddiemwnt – *diamond ring*
mor fuan! – *so soon!*
mwg – *smoke*
mynd â – *to take*

neges – *message*
neidio – *to jump*
newid – *to change*
nith – *niece*

o dro i dro – *from time to time*
ofn – *fear, apprehension*
ofnus – *fearful, apprehensive*

peiriant ateb – *answer machine*
penderfynu – *to decide*
pennaeth – *head, leader*
perchennog – *owner, proprietor*
poenus – *worried, painful*

rhad – *cheap*
rhamant – *romance*
rheolwr – *manager*
rhoi benthyg – *to lend*
rhywbryd – *sometime, anytime*
rhywsut – *somehow, anyhow*

Sbaenaidd – *Spanish*
sefyll – *to stand*
seibergaffi – *cyber café*
selsig – *sausages*
sgwrs – *chat, conversation*
sôn – *to mention*
sŵn – *sound, noise*
swydd – *job*

syniadau – *ideas*
syrthio – *to fall*

trefnu – *to organise*
trwbl – *trouble*

uchaf – *highest*
uwchben – *above*

wrth ei fodd – *(he's) delighted*
wyneb – *face*
ŵyr – *grandson*
wyrion – *grandchildren*

ymweld â – *to visit*
yn anffodus – *unfortunately*
yn barod – *ready, already*
Yr Ariannin – *Argentina*
yr un fath – *the same, just like*
ysgol gynradd – *primary school*
ysgrifenyddes – *secretary*
ysmygu – *to smoke*
y we – *the internet, the web*